大师的童谣

[英]艾略特　[美]爱默生　等/著
丁维/译

上海译文出版社

目录

009 洁里珂之歌［英］艾略特

013 寓言［美］爱默生

017 铃铛［美］爱伦·坡

019 牧羊人［英］布莱克

020 布莱克先生的童谣［英］布莱克

022 老虎［英］布莱克

026 羔羊［英］布莱克

028 保育员的歌［英］布莱克

031 苍蝇［英］德·拉·梅尔

032 稻草人［英］德·拉·梅尔

035 路上走来一只鸟［美］狄金森

038 柔软的海水冲刷房屋［美］狄金森

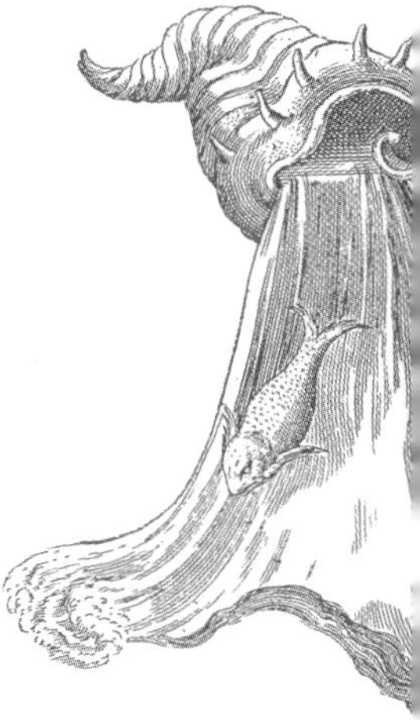

040　七月请回答［美］狄金森

043　小雏鸟［英］丁尼生

046　贝壳［英］丁尼生

051　回旋舞［法］福尔

053　良辰［美］弗罗斯特

057　青蛙［德］歌德

058　夏日里［德］歌德

061　教训［德］海涅

063　春天的歌［英］豪伊特

065　写在三月［英］华兹华斯

069　晚安，早安［英］霍顿勋爵（理查德·蒙克顿·米尔恩斯）

072　月亮夫人［英］霍顿勋爵（理查德·蒙克顿·米尔恩斯）

075 两三朵小花［英］济慈

078 关于我的歌［英］济慈

081 我的娃娃［美］金斯莱

083 我的仙子［英］卡罗尔

086 乌龟戏谑歌［英］卡罗尔

088 晴空下的船［英］卡罗尔

093 写给婴儿［英］柯勒律治

094 有些幼稚，但一派天然［英］柯勒律治

096 你问我答［英］柯勒律治

099 树叶和风［美］库珀

102 宝宝乐园［美］库珀

104 幼蛙上学［美］库珀

107 夏天的雨（节选）［美］朗费罗

112 秋分前后的满月［美］朗费罗

114 家的赞歌［美］朗费罗

117 风［英］罗塞蒂
118 毛毛虫［英］罗塞蒂
120 渡我过河吧［英］罗塞蒂
122 什么是粉色？［英］罗塞蒂
124 彩虹［英］罗塞蒂
127 小小白百合［英］麦克唐纳德
131 隐居的城堡［英］米尔恩
132 赶时髦［英］米尔恩
134 跟我一起走［英］米尔恩
136 睡莲［英］米尔恩
139 蓝鸟的歌［美］米勒
143 我不寂寞［智利］米斯特拉尔
144 睡在我身边［智利］米斯特拉尔
146 魔力［智利］米斯特拉尔
149 爱丽儿的歌［英］莎士比亚

152 盖着大树的绿光［英］莎士比亚
155 歌唱［英］史蒂文森
156 夏夜的床［英］史蒂文森
158 小船去哪里？［英］史蒂文森
160 我的王国［英］史蒂文森
164 风［英］史蒂文森
166 镜子溪流［英］史蒂文森
168 好玩的游戏［英］史蒂文森
170 好男孩［英］史蒂文森
172 奶牛［英］史蒂文森
174 秋千［英］史蒂文森
176 太阳赶路［英］史蒂文森
178 月亮［英］史蒂文森
181 打猎歌［英］司各特爵士
185 小心这只狼［英］塔克

189 学走路［英］安·泰勒

190 来花园玩［英］简·泰勒

192 晚安［英］简·泰勒

194 小星星［英］简·泰勒

196 漂亮奶牛［英］简·泰勒

198 紫罗兰［英］简·泰勒

200 脏小孩［英］简·泰勒

202 小姑娘别烦躁［英］简·泰勒

205 瞎眼的男孩［英］西柏

209 云（节选）［英］雪莱

210 译后记 丁维

艾略特

托马斯·艾略特（1888—1965），英国诗人、剧作家和文学评论家，对20世纪英美现代派文学和新批评派评论起了开拓作用，代表诗作有《荒原》和获1948年诺贝尔文学奖的《四个四重奏》，还有诗剧、批评文集等。

洁里珂之歌

[英]艾略特

洁里珂猫今晚会来，
一只两只成千上百，
洁里珂月亮能当太阳晒，
洁里珂舞会闪亮登台。

洁里珂猫有黑也有白，
洁里珂猫像小小孩，
洁里珂猫不傻也不呆，
它们的叫声很多人爱。
洁里珂猫脸儿长得气派，
洁里珂猫眼睛有神采。
它们爱显摆风度和口才，
等待洁里珂月亮爬上来。

洁里珂猫活得不慌不忙，
洁里珂猫长得有模有样。
洁里珂猫圆圆胖胖，
嘉禾舞吉格舞是它们强项。
当月亮还在天空躲藏，
它们化妆休息等着上场。
洁里珂不让耳朵变脏，
连脚趾缝的擦洗也没忘。

洁里珂猫有黑也有白，
洁里珂猫不瘦也不胖，
洁里珂猫蹦得开心欢畅，
洁里珂猫眼里有光。

它们上午总把身子躺，
下午也不出门浪荡，
留着力气不轻易释放，
要用舞步迎接洁里珂月光。

洁里珂猫有黑也有白，
洁里珂猫像小小孩，
要是赶上暴风雨来，
就在屋檐下进行彩排。
要是太阳悬在空中晒，
它们会干啥请你来猜，
它们养精蓄锐不开小差，
等着为洁里珂月光和舞会剪彩。

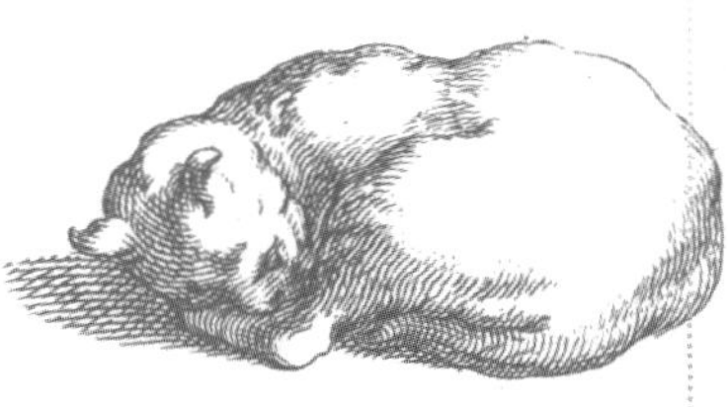

爱默生

拉尔夫·爱默生（1803—1882），美国思想家、散文作家、诗人、美国超验主义运动的主要代表，强调人的价值，提倡个性绝对自由和社会改革，著有《论自然》，诗作《诗集》和《五月节》等。

寓言

[美]爱默生

大山和松鼠吵起了架，
前者说后者骄傲自夸。
松鼠回答你固然庞大，
宇宙万物本都是一家。

刮风下雨有江河堤坝，
斗转星移换日月年华。
在自己地盘就算称霸，
也没有侵犯哪条王法。
我个子确实不如你大，
但比小对我不在话下，
更别提人人爱萌萌哒。

你铺下小路让我回家，
我会念着情分把你夸，
这世间谁也不比谁差。
我背不动森林别笑话，
你也没法撬开核桃呀。

爱伦·坡

埃德加·爱伦·坡（1809—1849），美国小说家、诗人、评论家，19世纪欧洲文学“为艺术而艺术”运动的先驱。其虚构短篇极富语言技巧与想象力，深刻影响后世法国象征主义者。其诗歌作品多采取主观视角，超现实色彩浓厚。代表作《乌鸦》。

铃铛

[美]爱伦·坡

铃铛啊这铃铛，
小小的银铃铛儿，
扬起快活的嘴角，
响起音符袅袅，
丝丝缕缕地荡漾，
歌声如仙乐绕梁，
叮叮，叮叮，叮……

铃铛啊这铃铛，
沉沉的大铁铃铛，
张开喑哑的喉咙，
穿过古老时空，
悲悲切切地呜啼，
呜咽如丧钟响起，
我竟然不寒而栗，
铛铛，铛铛，铛……

布莱克

威廉·布莱克（1757—1827），英国诗人、画家，浪漫主义的伟大先驱。著有史诗《耶路撒冷》，其作品深受当时政治氛围影响。

牧羊人

[英]布莱克

命运待牧羊人真是宽厚，
从早到晚他游荡四处，
跟着羊群整天转悠，
嘴里总是赞美的话语。
他听到羔羊天真的叫唤，
也听到母羊温柔的回应，
有他的守护，羊群心不慌乱，
知道照顾自己的人就在附近。

布莱克先生的童谣

[英]布莱克

来了头母猪扛着鞍，
摇篮里小猪蹦得欢，
圆碟子跳上桌子瞧，
铜锅吞下舀汤的勺，
旧锅子躲在门背后，
笑水壶黑得像煤球，

烤肉架这时开了腔：
我是老大我有话讲，
谁不听话接着嚷嚷，
警察局请谁走一趟。

老虎

［英］布莱克

老虎，老虎，闪耀光泽，
夜晚的森林因你而炽热，
无与伦比的双手和眼睛，
打造出这般匀称的身型。

在丛林深处或幽幽蓝天，
蔓延你眼中喷出的烈焰，
是怎样的翅膀托起热望？
是怎样的手掌扑向火光？

怎样的肩膀怎样的力道？
能拧紧这颗心脏的发条，
当心脏发出第一声弹跳，
是什么让人惊吓到逃跑？

怎样的锤子怎样的铁链？
怎样的熔炉把头脑锤炼？
怎样的铁砧怎样的搏斗？
擒得住这般恐怖的猛兽。

老虎，老虎，闪耀光泽，
夜晚的森林因你而炽热，
无与伦比的双手和眼睛，
打造出这般匀称的身型。

当群星扔下手里的投枪，
流淌的眼泪打湿了天堂，
他是否对作品露出微笑？
羔羊和老虎都由他创造。

羔羊

[英]布莱克

小小羔羊哪里来，
你可知是谁家孩？
穿过小溪和草场，
给你生命喂你粮，
赐你新衣白如云，
柔软鲜亮多温馨，
赐你声音柔似水，
山谷听到更青翠，

小小羔羊哪里来，
你可知是谁家孩？
告诉你啊小羔羊，
告诉你啊小羔羊，
他的名字说来巧，
他把自己唤羊羔，
他很温顺又谦和，
投胎人间成婴儿，
我是小孩你是羊，
我们共享主荣光，
上帝保佑小羔羊，
上帝保佑小羔羊。

保育员的歌

［英］布莱克

当童言童语回荡在草地，
欢乐的笑声在山间穿行，
我的心儿就落回了肚里，
世间万物停下脚步倾听。

转眼日落唤孩子回家喽，
夜的露珠在草丛里升起，
来吧来吧玩够了莫停留，
待明天早晨再来做游戏。

不嘛不嘛我们还要再玩，
现在回家根本没法睡觉，
天空仍有小鸟舞姿翩翩，
山上还有绵羊哼着曲调。

好吧好吧那就玩到天黑，
然后就回家乖乖把觉睡，
小家伙欢呼雀跃笑声沸，
童音在所有山头响来回。

沃尔特·德·拉·梅尔

沃尔特·德·拉·梅尔（1873—1956），出生于伦敦，英国诗人，其作品被视为现代文学中富有浪漫想象的主要典范。作品主题大体涉及梦、孩童幻想世界、超验之追求。

苍蝇

[英]德·拉·梅尔

细微的苍蝇，在它眼里
再小的东西也大得离奇！
玫瑰花蕾像床羽绒铺盖，
玫瑰花刺好比一根长矛；
露珠大得似面镜子，
发丝粗得如同线缆；
芥末籽里最小的颗粒，
也像一团燃烧的火炭；
一块面包是高耸的山丘，
一只黄蜂是凶残的猎豹；
盐巴里那些晶亮的斑点，
像牧羊人眼里一只只羊羔。

稻草人

[英]德·拉·梅尔

冬天我一直低垂着头，
冰冷的雨中独自站岗；
北风吹雪包裹我四周，
又把雪吹跑还我原样；
午夜的群星组成迷宫，
我在星光下披霜辉映，
麦茬地里我挺直身体，
像副铠甲把晨曦欢迎。
而当春娃娃领着伙伴，
重新踏上了这片泥土，
抛洒串串花蕾和露珠，
让我的家园美丽如故，
破衣遮不住我心跳动；
睁开睡眼抬头向天空，
观察仇敌乌鸦的行踪，
为古怪主人继续打工。

望见他带着家伙上阵，
为田埂铺下笔直线条，
曾经积雪的那片田地，
麦子很快会蹿得人高，
不久后我将放眼凝望，
吃饱阳光的一片麦浪，
勇敢守护粒粒的金黄。

狄金森

艾米莉·狄金森（1830—1886），美国女诗人，美国现代诗先驱者之一，1858 年开始隐居，留有诗稿 1700 余首及大量信件，内容均写爱情与自然美景。

路上走来一只鸟

［美］狄金森

路上走来一只鸟，
我看到了他，他却没看到我，
他把条蚯蚓啄成两半，
然后吃了那家伙，生吞活剥。

接着他微微侧头，
从最近的一根草上，喝口露珠，
又蹦跳着贴到墙边，
让一只甲虫，慢慢爬过道路。

他飞速转动眼球，
打量着身边，纷纷扰扰的事物，
头顶的羽毛不停抖动，
仿佛眼前都是，受到惊吓的弹珠。

我给他一块干面包，
他像是陷入危险，手脚瑟缩，

旋即展开羽毛，
托着身体，倏尔飞回了窝。

天空不见他留下的轨迹，
就像桨儿摇过海面，合缝如丝般光滑，
或是正午堤坝上的蝴蝶，
看她们翻身跃下，却不见一粒水花。

柔软的海水冲刷房屋

[美]狄金森

柔软的海水冲刷房屋，
夏日的气息翻卷漂浮，
木地板起落变着魔术，
在浪里穿行毫不在乎。

蝴蝶担起船长的任务，
蜜蜂负责把舵盘把住，
整个宇宙在踏着脚步，
欢喜地排队上船跳舞。

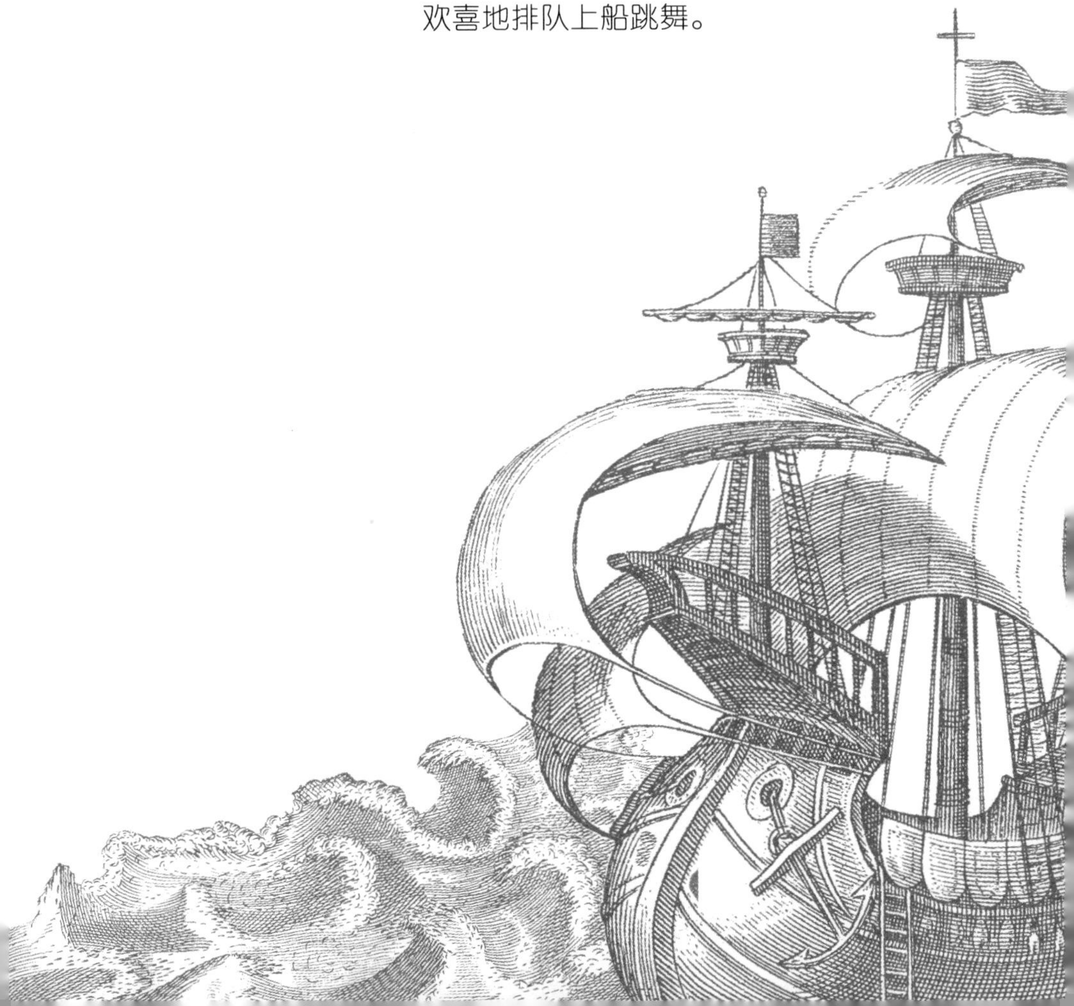

七月请回答

[美]狄金森

七月请回答，
七月请回答，
蜜蜂在哪里?
红脸在哪里?
干草在哪里?

啊，七月说，
种子在哪里？
芽苞在哪里？
五月在哪里？
请你来回答。
不，五月说，
白雪在哪里？
风铃在哪里？
喜鹊在哪里？

喜鹊不示弱，
玉米在哪里？
薄雾在哪里？
芒刺在哪里？

年老大回答，
统统在这里。

丁尼生

阿尔弗雷德·丁尼生（1809—1892），英国诗人，重视诗的形式完美，音韵和谐，辞藻华丽，主要诗作有《夏洛蒂小姐》《尤利西斯》，组诗《悼念》。

小雏鸟

[英]丁尼生

黎明拂晓的时分，
小雏鸟在窝里发声，
“我要飞，”小雏鸟说，
“妈妈，我要飞出门。”
“小宝贝，在窝里多待一会儿，
让小翅膀更结实一点儿。”

小雏鸟多待了一会儿，
然后，就飞出了门。

黎明拂晓的时分，
小娃娃在床上发声，
像小雏鸟那样说道：
“我要起床飞出门。”

“小宝贝，在床上多睡一会儿，
让胳膊小腿更结实一点儿。”
只要再多睡一会儿，
小宝贝，也会飞出家门。

贝壳

[英]丁尼生

这枚贝壳叫人赞叹，
小巧纯洁恰似珍珠，
静静贴着我的脚面，
盈盈一握光彩翩跹。

生得犹如仙子闪现，
尖头优雅螺纹不俗，
玲珑剔透惹人爱怜，
神之造化偶落人间。

姓甚名谁无须细说，
才子也会弄巧成拙，
任凭世人何名唤之，
丝毫无损天生丽质。

微型堡垒人去楼空，
小小生命已无影踪，
犹记海边翻卷沉浮，
如今只余回忆追溯。

遥想当年立于门檐，
仰望彩虹悬挂天边，
当她遭遇命运摆布，
曾否穿过昏暗水幕，
探出触角绝唱千古？

只须指甲轻轻一压，
她将粉碎归于黄沙，
小巧玲珑世间难寻，
娇弱之躯能负千钧。

大浪淘沙年复一年，
万千劫数也曾历练，
贴着巨轮像木板壁，
穿越岩石嶙峋耸立，
到达终点布列塔尼[1]。

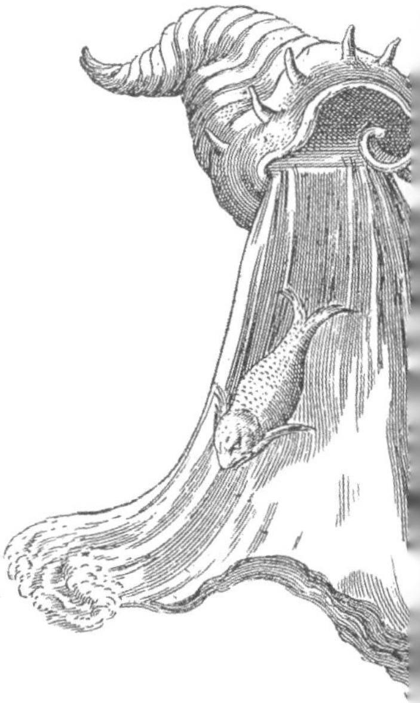

1　布列塔尼，法国西北部半岛。　——译者

福尔

保尔·福尔（1872—1960），法国诗人、文学实验革新者。出生于兰斯。与象征主义运动关联密切。1912 年，因其深远影响，被誉为“诗人王子”。

回旋舞

[法]福尔

如果世间少女都愿拉起手来缠绕，
舞步可绵延到海滩把四周环抱。
如果世间少年都愿戴上水手帽子，
船只可连成桥从海跨越到天际。
如果世间人儿都愿拉起手来缠绕，
就能用一曲回旋舞[1]把世界环抱。

1 回旋舞，这种民歌形式的短歌，是保尔·福尔毕生诗歌创作的固定形式。

——译者

弗罗斯特

罗伯特·弗罗斯特（1874—1963），美国诗人，出生于旧金山。其作品多描写美国农村风光。他曾四次获得普利策优秀诗歌奖，被称为“美国文学中的桂冠诗人”。主要诗集有《理智的假面剧》《林间空地》等。

良辰

[美]弗罗斯特

冬日的晚上我出门散步，
举目无人可以打声招呼，
只有小屋排列道路两旁，
在雪地里发出闪闪幽光。

我把屋里人儿当作陪伴，
听见提琴飘来音符串串，
透过蕾丝窗帘我的视线，
看见青春身姿还有容颜。
有这些做伴我一路向前，
直到小屋全消失在两边，
转身折返，却心有不甘，
窗户的光线却已经黯淡。

我的脚步在雪地上作响，
扰动了乡村小路的梦乡，
这冒犯的举动还请宽恕，
在冬夜十点的乡间小路。

歌德

约翰·沃尔夫冈·冯·歌德（1749—1832），德国诗人、作家，青年时代为狂飙突进运动的代表人物，集文学、艺术、自然科学、哲学、政治等成就于一身，写有不同体裁的大量文学著作，代表作为诗剧《浮士德》、小说《少年维特的烦恼》。

青蛙

[德]歌德

曾经有个池塘结了冰霜；
青蛙在水底下迷失方向，
不叫不跳，只俯首听命；
唯唯诺诺，半眯着眼睛，
憋屈时对着天空伸腿脚，
好像夜莺吟唱哀愁曲调，
待到春回大地冰雪消亡，
它们又骄傲地登台亮相，
爬到岸边，蹲坐着歇脚，
像从前那样大声呱呱叫。

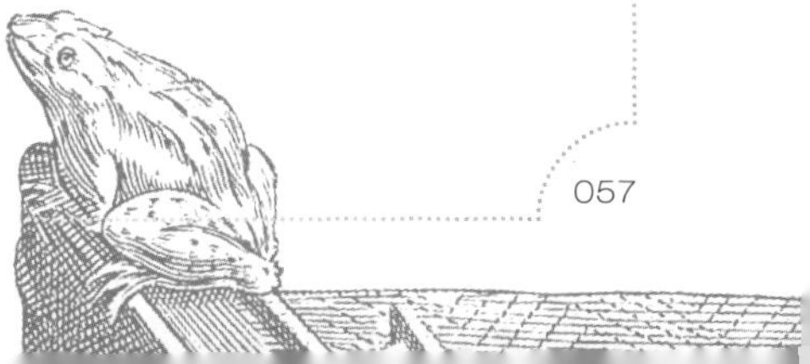

夏日里

[德]歌德

露珠打湿了平地高原，
看起来多么光彩亮眼！
所有植物被珍珠装扮，
恰似戴上闪耀的皇冠！
微风叹着柔软的声息，
穿过片片灌木和林地！
太阳洒下澄澈的光线，
鸟儿用歌声展开笑颜！

但只要看到我爱的人，
一切都可以不闻不问，
看她在房间待到日落，
四周黑暗团团地包裹，
世界便缩成一粒尘埃，
任凭有多么美丽澎湃！

海涅

海因里希·海涅(1797—1856),德国诗人、政论家，以其爱情诗《歌集》著称，主要作品有《时代诗歌》、长篇讽刺诗《德国——一个冬天的童话》等。

教训

[德]海涅

妈妈告诉小蜜蜂，
有蜡烛的地方千万别碰；
虽然妈妈这样呼号，
小蜜蜂一点都不心焦。
他在烛光下来回盘绕，
还欢快地哼起了曲调；
丝毫不顾妈妈哭喊，
小蜜蜂！你哪来的胆！
太年轻！又太冲动！
可怜的小糊涂虫！
他飞向火焰，翅膀嗡嗡，
小蜜蜂！小蜜蜂！
现在火苗已蹿得高高，
沾上火星只有死路一条……

豪伊特

玛丽·豪伊特(1799—1888),英国诗人。1834 年出版系列戏剧诗《七种诱惑》，获得极好声名。其戏剧作品细腻敏感，角色形象饱满生动。

春天的歌

［英］豪伊特

看，鹅黄的柳絮已爬满，
柳树纤细的枝干；
青苔丛生的河岸边，
报春花如星星绽开笑颜；
在它们的簇簇叶片下面，
紫罗兰的花朵白紫相间。
听，小羊咩咩声音娇，
乌鸦呱呱大声叫，
榆树林迎来所有的鸟；
高声歌唱，尽情喧闹，
第一只破茧的蝴蝶，浑身雪白
在阳光下轻快飞过，翅膀摇摆。

华兹华斯

威廉·华兹华斯（1770—1850），英国诗人，作品歌颂大自然，开创了浪漫主义新诗风，重要作品有与塞缪尔·泰勒·柯勒律治共同出版的《抒情歌谣集》，还写有长诗《序曲》、组诗《露西》等，1843年被封为桂冠诗人。

写在三月

［英］华兹华斯

公鸡打鸣小溪淌，
雏鸟醒来开口唱。
湖面波纹闪金光，
草地打盹晒太阳。
青壮年们全出动，
老人小孩做帮工。
牛儿吃草不歇气，
四十头牛齐如一。

白雪片片正融化，
如同败兵卸盔甲。
山顶如今光秃秃，
听到孩子大声呼。

欢乐撒满在山间，
生命喷薄在清泉。
云朵乘风又破浪，
春雨过后天放光。

霍顿勋爵

霍顿勋爵（理查德·蒙克顿·米尔恩斯，1809—1885），英国诗人、政治家。出生于伦敦。毕业于剑桥大学三一学院。1844年出版诗集《棕榈叶》。

晚安，早安

［英］霍顿勋爵（理查德·蒙克顿·米尔恩斯）

漂亮小女孩坐在树下，
直到天黑都在缝呀补呀；
她把衣服抚平叠齐，
道声：“晚安，今天就到这里！”

一群乌鸦从头顶掠过，
喊着“呱呱”回了窝，
她目送鸟儿飞进丛林里，
道声：“晚安，小东西！”

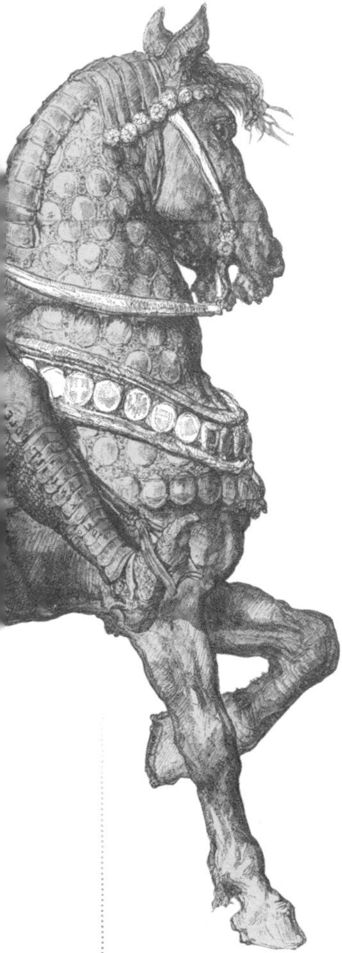

马嘶嘶，牛哞哞，
羊儿“咩咩”沿小路走；
它们安详又欢畅，
仿佛在说“晚安，小姑娘”！

她没对太阳说：“晚安！”
虽然看见他像个光球挂在天边；
她知道太阳跟着上帝的脚步
走遍世界，永远不迷糊。

高高的粉红毛地黄低下头；
紫罗兰鞠个躬，告别白昼；
小小露西把发辫盘好，
跪下背诵最心爱的晚祷。

她靠着枕头轻轻入眠，
一夜安睡直到黑夜走远；
再次见到美丽的太阳，
道声：“早安，这就起床！”

月亮夫人

[英]霍顿勋爵（理查德·蒙克顿·米尔恩斯）

“月亮夫人，月亮夫人，你在哪里做客？”
“我在大海上面。”
“月亮夫人，月亮夫人，你在爱着哪个？”
“看谁把我挂念。”

“你脚步不停，从不睡觉，
难道就不想休息？
为什么看起来悲伤又苍老，
好像随时要淌下泪滴？”

“孩子，爱我就别问这些事情；
这样说话可没规矩，
我必须服从亲爱的父亲，
听从他吩咐的话语。”

“月亮夫人，月亮夫人，你在哪里做客？”
“我在大海上面。”
“月亮夫人，月亮夫人，你在爱着哪个？”
“看谁把我挂念。”

济慈

约翰·济慈（1795—1821），英国诗人，浪漫主义运动代表之一，其抒情诗尤为优美，著名作品有《夜莺》《希腊古瓮》《无情的美人》《秋颂》等。

两三朵小花

［英］济慈

两三朵小花，
在姊姊信纸里飘。
两三朵小花，
夹着两三根药草。
两三个鼻子，
长两三个疹疱。
两三个智者，
伴两三个傻帽儿。
两三个钱包，
裹两三张钞票。
两三扇门户，
响起两三声敲。
两三个时辰，
睡两三场短觉。

两三只耗子，
撞到两三只猫。
两三条鲱鱼，
价格无比美妙。
两三堆细砂，
躺两三只斑猫。
两三个夫人，
生两三个乖宝。

两三个微笑，
皱两三条眉毛。
两三英里路，
赶两三场热闹。
两三个钩子，
挂两三顶礼帽。
两三枚鸽蛋，
孵出十四行的歌谣。

关于我的歌

[英]济慈

有个男孩真淘气，
淘气就是他的名。
他在家里呆不住，
手脚一刻不能停，
肩背一只大书包，
里面分量可不轻：
一本小书带元音，
一件衬衫和毛巾，
一顶睡帽压头顶，
一把梳子梳发型，
一双长袜簇簇新。
他把书包贴得紧，
就像铆住他背脊，

跟着鼻子向北行，
一路向北不停息，
跟着鼻子向北行，
一路向北不停息。

金斯莱

查理·金斯莱（1819—1875），英国诗人。著有一系列成功的社会小说、历史传奇以及儿童文学作品。从其儿童诗代表作可见其对进化论与自然史的浓厚兴趣。

我的娃娃

[美]金斯莱

我曾经有个可爱的娃娃，
世界上顶顶漂亮的娃娃，
她的小脸儿白里透红光，
头发卷曲像漂亮的麻花。
有一天我在荒原上玩耍，
不小心丢了可怜的娃娃，
十多天里我都在把泪擦，
却一直找不到她躺在哪。

有一天我在荒原上玩耍，
找到了这只可怜的娃娃，
大家都说她变得不像话，
褪色的小脸儿向下耷拉。
身体也被牛踩得散了架，
头发不再卷曲如同麻花，
但是看在老天爷的份上，
还是全世界最美的娃娃。

卡罗尔

刘易斯·卡罗尔（1832—1898），英国逻辑学家、数学家、作家，出生于达斯伯里。代表作有1865年出版的《爱丽丝梦游仙境》。在儿童文学中占据重要地位。

我的仙子

[英]卡罗尔

有个仙子在我身边，
说我不能合眼休息；
当我痛得哇哇大哭，
它说不能流泪抽泣；
当我高兴露出微笑，
它说不能洋洋得意；
某天我想来杯小酒，
它说不能这样贪杯；

某天我想尝点好菜，
它说可得管住了嘴；
我想报名前去参军，
它说不许加入部队；
这一切真叫人抓狂，
忍无可忍我要发问：
“还剩什么我可以做？”

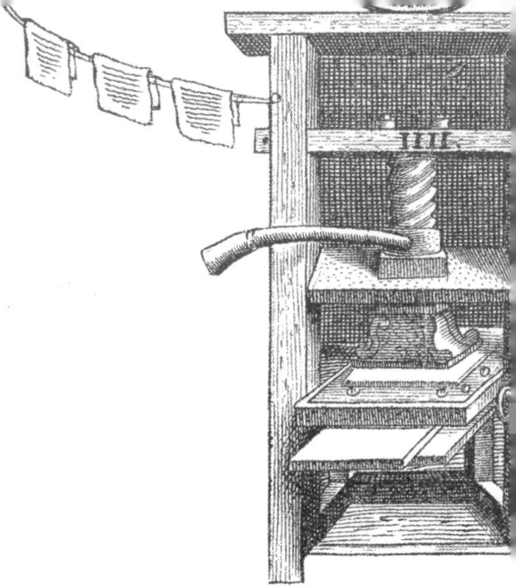

仙子声音越发低沉，
答曰此事你别再问，
道德奥义即是不能。

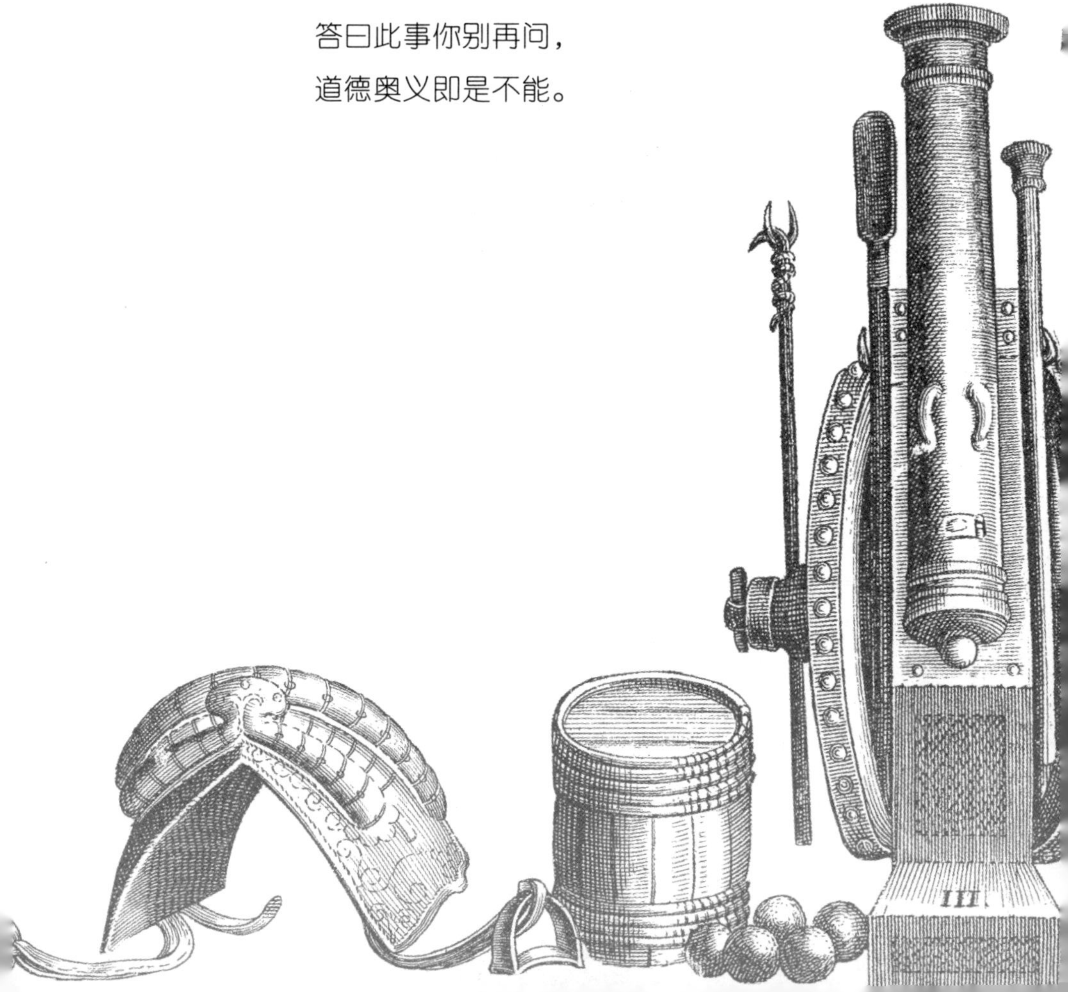

乌龟戏谑歌

[英]卡罗尔

蓝蓝大海水面下，
龙虾有副好盔甲，
海底舞场他称霸，
爱和鲑鱼嗞嚓嚓。

（合唱）

前进后退转圈呀，

扭扭你的大尾巴！

海里鱼儿多如沙，

就数鲑鱼顶呱呱！

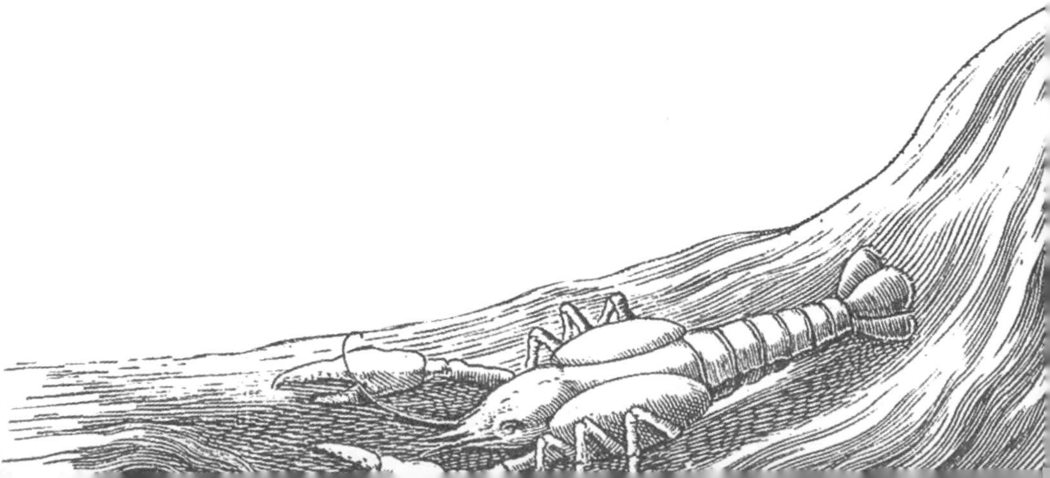

晴空下的船

[英]卡罗尔

记得七月那晚上，
碧空如洗照水塘，
小船如梦随风荡。

三个娃娃围身旁，
耳朵竖起眼放光，
只求我把故事讲。

一去不返是时光，
回声远去影苍茫，
秋霜落尽七月亡。

而我心中不曾忘，
爱丽丝映着天光，
凡夫俗子不得望。

孩子求把故事讲，
耳朵竖起眼放光，
相亲相爱围身旁。

他们如今仙境躺，
伴着梦儿年岁长，
伴着梦儿又一夏。

顺流而下追逐忙，
柔波荡漾碎金光，
人生好比梦一场。

柯勒律治

塞缪尔·泰勒·柯勒律治（1772—1834），现代英国传统中最著名的诗人、批评家，英国浪漫主义运动的领袖人物。深受德国古典哲学思想影响。主张区分文化与文明，批判功利主义国家。代表作《古舟子咏》。

写给婴儿

[英]柯勒律治

止住眼泪和抽泣吧，我的宝宝！
我夺下的只是那把敞口的小刀；
安全的玩具马上就会到你跟前，
把这烦躁的哭声变成笑声一片！
痛苦如海边的乱石堆将你绊倒，
让一种接一种磨难来把你教导！
就像美味的果子和灼热的火焰，
引诱焦急的双手和青涩的欲念；
邪恶也如良善会映入你的眼帘，
招来尖叫声四溅犹如惊涛翻卷！
幸好你有与生俱来的机敏慧根，
警报一响便往母亲的怀里飞奔，
把小脸儿依偎在最亲爱的胸口，
听那焦虑的喘息渐渐变得温柔！

有些幼稚，但一派天然

［英］柯勒律治

但凡我有两个小翅膀，
是一只羽毛轻软的小鸟，
我就会飞到你身边，我的亲！
但这样的念头只能想想，
我终究还是在原地。
但入睡后我便能飞向你：
在梦里我们总是在一起！
世界属于每个人自己。

早晨醒来，问我在哪里？
每个人都只有自己。
犹如君主下令，睡眠有定期，
所以我喜欢天亮前就醒：
夜色未褪，虽然睡眠已停，
我闭上眼睛，
还能继续在梦里滑行。

你问我答

［英］柯勒律治

麻雀和白鸽的话语，你是否能明白？
红雀和画眉说：“我爱，我爱！”
冬天时它们好安静，风儿刮得飕飕，
风的话语我不懂，只听它扯着嗓子吼。
好在绿叶、花朵、和煦的阳光，
唱着跳着，又重回这地方。

云雀满载欢乐和爱意，
头上是蓝蓝的天，身下有绿绿的地，
它唱啊，唱啊，唱得停不下来——
“我爱我的爱，我的爱也把我爱！”

库珀

乔治·库珀（1840—1927），美国诗人。出生于纽约。以其抒情诗闻名。

树叶和风

［美］库珀

有一天风说：“小叶子，来吧，
跟我到草地上去玩耍；
穿上你金红相间的衣裳，
夏天已走，天在渐渐变凉。”

听到风的呼唤，
叶子一片片飘下树冠；
在褐色的原野上，翩翩起舞，
唱着熟悉的欢乐歌曲。

“再见蟋蟀，我的老朋友；
小河，给我们送上告别的唱咏；
说你不忍看到我们远走；
说你会想念我们，为了曾经的相守。”

“亲爱的小羊羔裹在绒毛里，
妈妈会让你远离寒冷和天敌；
记得你在山谷里蹦跳的身影；
说你会梦见我们，给你洒下的树荫？”

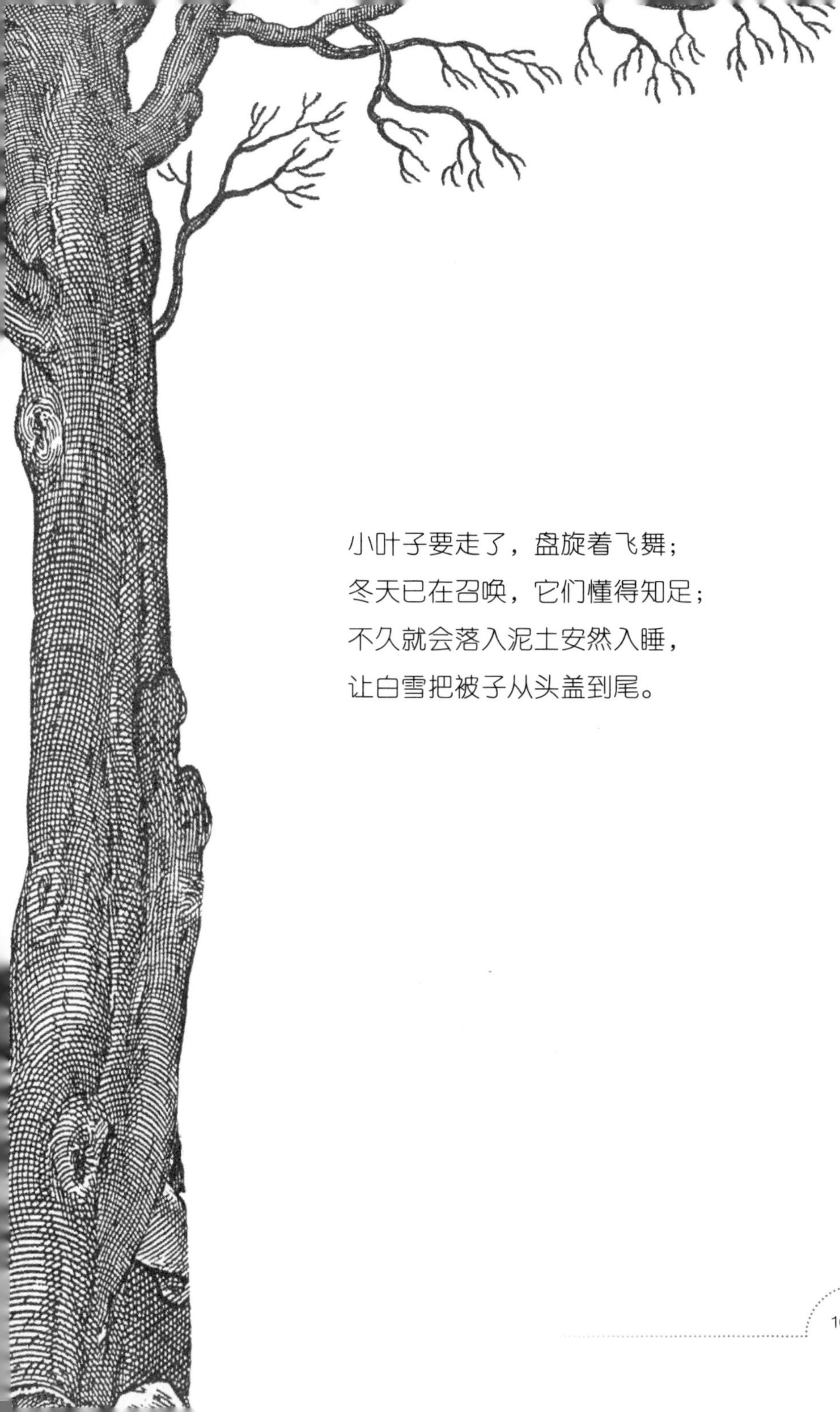

小叶子要走了，盘旋着飞舞；
冬天已在召唤，它们懂得知足；
不久就会落入泥土安然入睡，
让白雪把被子从头盖到尾。

宝宝乐园

［美］库珀

“宝宝乐园往哪里走？”
“谁都知道它的方向；
爬上楼梯，再往右拐；
请把门铃按响。”

“宝宝乐园都有些啥？”
“穿白衣裳的可爱小孩——
低垂着头，躺在摇篮，
面容纯真，闪耀光彩！”

“宝宝在乐园都做些啥？”
“睡觉醒来，游戏玩耍，
喊着叫着，在笑声里长大；
一起享受开心的闲暇！”

“宝宝在乐园都说些啥？”
“这件事情可有点古怪；
咿咿呀呀想要告诉你
小鸟的话语他们能猜！”

“宝宝乐园谁是女王？”
“善良甜美的母亲陛下；
是她生下这些宝宝，
又引领他们小小的脚丫。”

幼蛙上学

[美]库珀

水草丛生的池塘边，
二十只幼蛙去上学，
二十件绿色小外套；
二十件背心，干净完好。
“我们必须准时到校，”它们说，
“先得学习，再把游戏做；
只要幼蛙上学去，
就得这样守规矩。”

牛蛙师父，认真严厉，
全班学生，逐一点名；
教它们如何优雅地发力，
才能跳上岸边又潜入水底；
蹲在原木宝座上，
教幼蛙齐声大喊：“天哪！”

还告诫它们如何保护自己，
躲开调皮小孩扔来的树枝。
二十只幼蛙长得飞快；
转眼间有了牛蛙的气派；
全班没有一个差生，
也通过了每节课程；
光荣毕业取得闪闪学位，
不负师父对幼蛙的栽培：
现在它们端坐别处的原木，
给其他的幼蛙当起了师父。

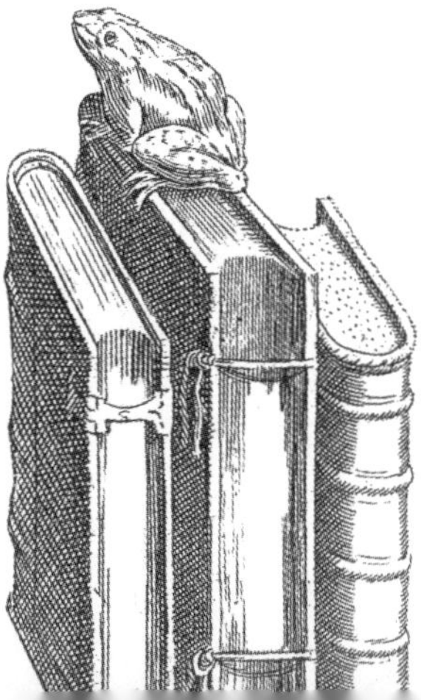

朗费罗

亨利·沃兹沃斯·朗费罗（1807—1882），美国诗人，曾任哈佛大学近代语言教授，主要诗作有抒情诗集《夜吟》，长篇叙事诗《伊凡吉林》《海华沙之歌》等，还翻译了但丁的《神曲》。

夏天的雨（节选）

[美]朗费罗

这场大雨多么美妙！
扑灭尘土和热浪的灼烧，
浇在宽阔而烫脚的街道，
也浇在小巷狭窄弯绕，
这场大雨多么美妙！

噼里啪啦在屋顶滑落，
就像马蹄阵阵踏过，
是谁在天上戳破了洞，
雨点像洪水奔腾汹涌。

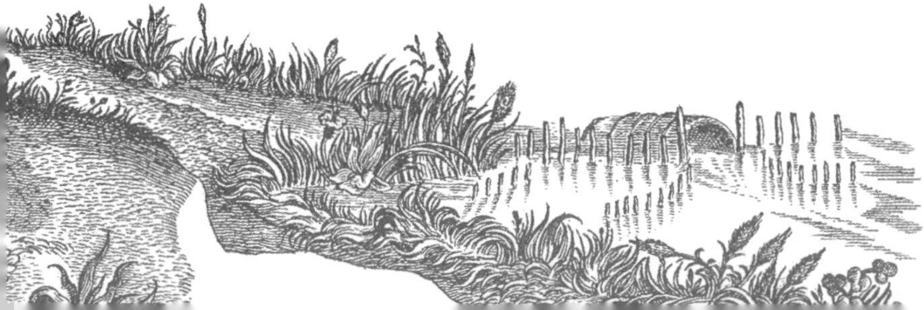

隔着窗框放眼望去，
不停洒落是倾盆的大雨，
迅疾的雨点无边无际，
浑浊的泡沫在潮水中泛起，
像河流咆哮着淌过沟渠，
啊，这场及时雨！

病中的人儿探出窗外，
看着那溪流渐渐澎湃。
他能感觉到一丝凉意，
和每潭水洼吐露的呼吸。
他那烧得发烫的脑袋，
又重回平静的常态，
这雨水的气息把祝福满载。

邻近的学校门口，
走来一群男孩，
今天的说笑打闹，
比平时更加开怀。

踩着水花在街上，
模拟船队启航，
直到危险的水塘，
还有翻滚的波浪，
将他们卷入漩涡中央。

秋分前后的满月

[美]朗费罗

秋分前后的满月，
悬在镀金的叶片上，
村庄的屋顶上，
林地的树冠上，
悬在鸟儿遗弃在半空的巢穴上，
拉着布帘的窗格子上，
照着孩子睡觉的房间，
乡间的小路，
丰收的土地，
栖息它神秘的光华！

夏天做客的鸟儿飞走了，
送走最后一捆稻草，运货马车也回来了！
这一切都是符号，
大自然有每一季的外套，
就像花朵、果子和掉落的叶子；
唱歌的鸟儿，夏天结束就飞走了，
只留下空空的巢，
鹌鹑在稻草垛里，尖着嗓子叫。

家的赞歌

[美]朗费罗

待在家里，让心歇息，
最幸福莫过自己家里，
流浪人儿，你不知道，
外面遍地忧虑和烦恼；
待在家里最好。

向东流浪又转头向西，
疲惫想家，痛苦无期，
疑虑杂念如狂风呼啸，
将他们吹得西歪东倒；
待在家里最好。

就待在家里让心歇息，
像鸟在巢里躲避天敌，
拍拍翅膀飞走的笨蛋，
天上飞鹰正打你算盘；
待在家里最好。

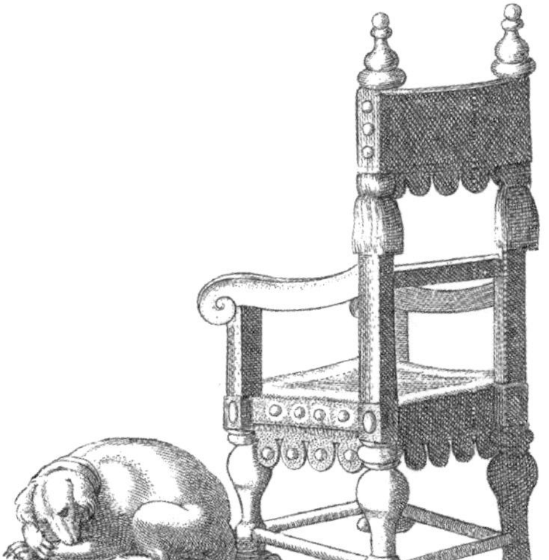

罗塞蒂

克里斯蒂娜·罗塞蒂（1830—1894），英国诗人，擅长写幻想小说、儿童诗、宗教诗。1862年出版的《妖怪集市及其他诗》与1866年出版的《王子的历程及其他诗》，确立了她在当时诗人中的地位。1872年的《摇篮曲集》在19世纪儿童读物中享有很高声誉。

风

[英]罗塞蒂

谁曾见过风?
不是我也不是你;
但当树叶摇曳婆娑,
风儿正在掠过。

谁曾见过风?
不是我也不是你;
但当树冠低垂下头,
风儿正在掠过。

毛毛虫

[英]罗塞蒂

毛毛虫，毛茸茸，
一身棕黄行迹匆，
赶赴阴凉花叶丛，
或是他处绿意浓。

蟾蜍偷窥不得见，
飞禽盘旋无处寻；
作茧自缚为入梦，
他日化蝶得重生。

渡我过河吧

[英]罗塞蒂

渡我过河吧，
船夫，船夫！
“要是你钱包里有一便士[1]，
我就把你来渡。”

“我钱包里有一便士；
我还有碧蓝的眼珠，
渡我过河吧，
船夫，船夫！”

1　便士为英国货币辅币单位，类似于中国的“分”。　——译者

“跨上我的渡船，
不管你眼珠是黑是蓝；
看在你钱包里有一便士，
我就把你来渡。”

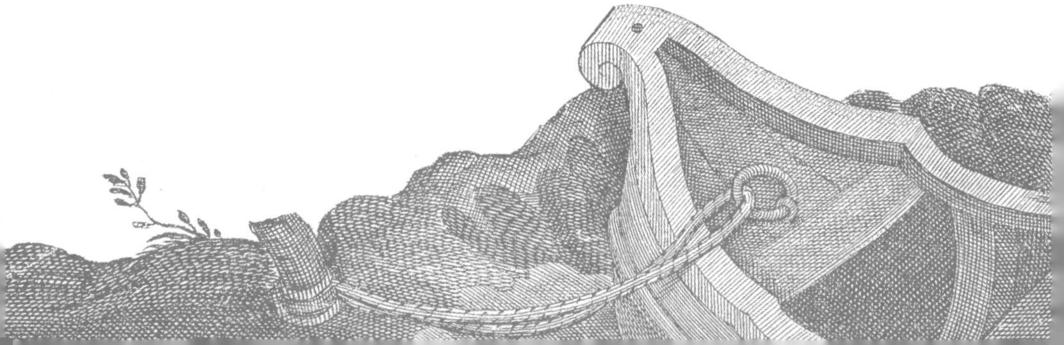

什么是粉色？

[英]罗塞蒂

什么是粉色？就像玫瑰，
开放在喷泉的周围。
什么是红色？就像罂粟花，
伴着大麦一起发芽。

什么是蓝色？就像天空，
云朵在那里飘浮奔涌。
什么是白色？就像天鹅，
在日光下划过小河。

什么是黄色？就像鸭梨，
醇熟香甜，叫人垂涎欲滴。
什么是绿色？就像青草，
点缀着小花长得俏。

什么是紫色？就像彩霞，
让夏日的傍晚美丽如画。
什么是橙色？就是橙子的颜色，
哈，就是橙子的颜色！

彩虹

[英]罗塞蒂

小船漂荡在河里，
巨轮航行在海上；
但天空中流过的云，
比它们更漂亮。

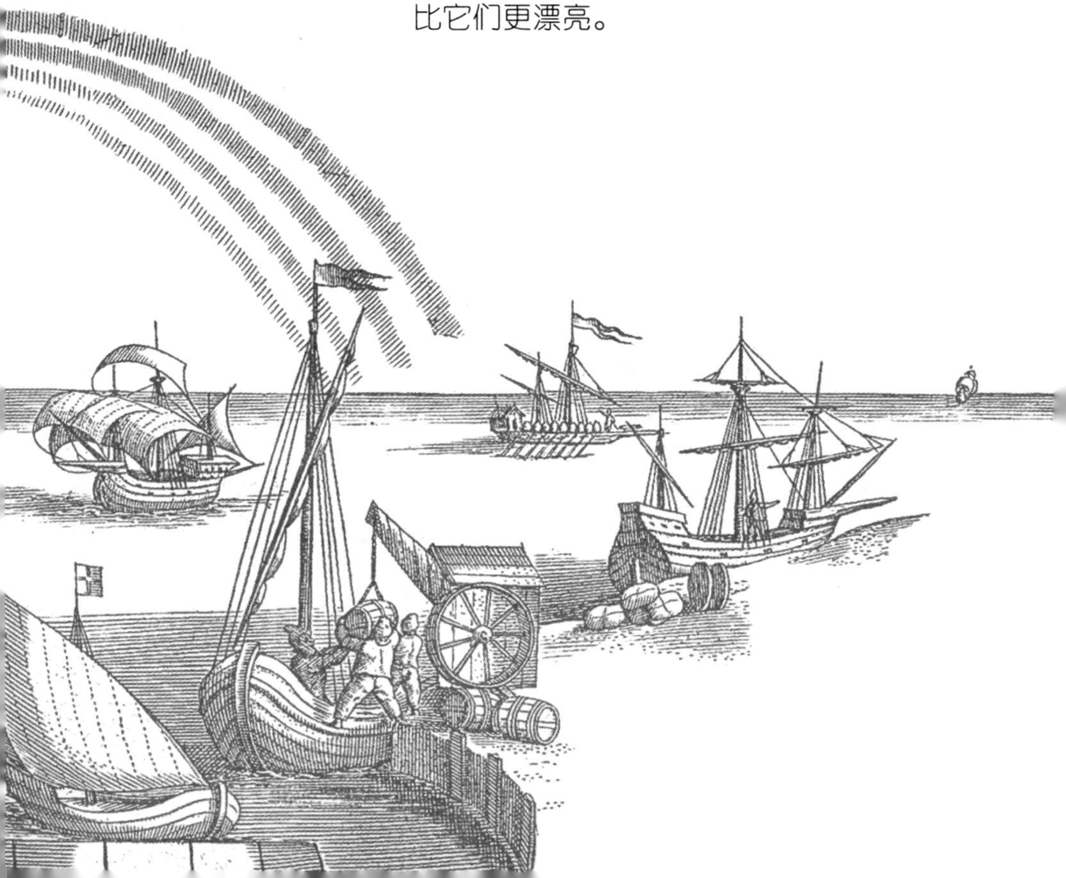

河上有一座座桥，
漂亮如你想象；
但通往天堂的那道虹，
越过树冠，
铺成通天的路，
远比它们更漂亮。

麦克唐纳德

乔治·麦克唐纳德（1824—1905），苏格兰诗人、作家、基督教牧师。幻想文学领域的先驱人物。作品深刻影响了后世，获得刘易斯·卡罗尔、切斯特顿、J.R.R. 托尔金、W.H. 奥登高度赞扬。

小小白百合

［英］麦克唐纳德

小小白百合，
倚着石头坐。
脑袋低低垂，
等阳光闪烁。

小小白百合，
阳光吃个够。
小小白百合，
抬起她的头。

小小白百合，
说她心喜欢。
小小白百合，
肚饱身子暖。

小小白百合，
模样像新娘。
白裙闪光彩，
皇冠头顶躺。

小小白百合，
忽而又低垂。
她还在等待，
何时落雨水。

小小白百合，
花冠朝天仰。
雨点密密下，
填满她肚肠。

小小白百合，
说她心喜欢。
适逢我口渴，
好雨不用盼。
喝得身强壮，
神清气又爽。
炙热何须怕，
血脉已饱胀。

小小白百合，
浑身透香甜。
头顶阳光照，
脚下雨未干。

感谢阳光照，
感谢雨水淌。
小小白百合，
开心花又放。

米尔恩

A.A.米尔恩（1882—1956），英国诗人、幽默作家、剧作家。出生于伦敦。曾就读伦敦的威斯敏斯特学校和剑桥大学三一学院。主要作品有1922年的侦探小说《红房子的秘密》与1918年的儿童剧《装假的人》。为其儿子所写的诗歌脍炙人口。

隐居的城堡

[英]米尔恩

我有一座城堡，
每次人一多我就往那跑，
我有一座城堡，
没有人能把它找到；
我有一座城堡，
那里没有人会说“不好”，
没有人前来打扰，
只有我自己能够找到。

赶时髦

[英]米尔恩

狮子有条尾巴，那尾巴真漂亮，
大象和鲸鱼也是一样，
别把鳄鱼和鹌鹑忘——
除了我，大家都把尾巴晃。

要是我有六便士，就去买上一条；
对店员说，“拿给我来瞧瞧”；
对大象说，“我也能让尾巴摇”。
他们都会围过来看热闹。

现在我对狮子说：
“你的尾巴挺漂亮！
大象和鲸鱼也是一样！
还有鳄鱼！也别把它忘！
就像我，大家都把尾巴晃！”

跟我一起走

[英]米尔恩

太阳照着河面，太阳照着山峰，
想听大海唱歌，那就站着别动！
圆形的农场，新来了八条小狗——
我还看到了独臂老水手！

可大家都说："走开！走开！"
都说："走开！我正忙得脱不开手。"
他们都说："走开，你这个小乖乖！"
如果我是小乖乖，为什么不跟着我走？

风儿吹过河面，风儿吹过磨坊，
有个黑黝黝的水车在里面藏！
我看见苍蝇刚在水中把命送——
也知道兔子从哪儿钻进地洞！

可大家都说：“走开！走开！”
都说：“走开！我正忙得脱不开手。”
他们都说：“走开，你这个小乖乖！”
如果我是小乖乖，为什么不为我抬起头？

睡莲

[英] 米尔恩

睡莲在水面上，
脚步来回奔忙，
踩着水波荡漾，
湖王的女儿懒洋洋地躺在莲叶上，
微风摇曳着她。

谁来把她接走？
我上！我上！
别忙！别忙！
湖王的女儿正在莲叶上睡觉，
风儿蹦蹦跳跳，
跨过水面的睡莲花；
和煦的风把她吹醒啦，
现在谁来把她接走？
她发出轻笑，应声开溜，
穿过水面的睡莲朵朵。
等我！等我！
迟喽！迟喽！
只有睡莲在水面上，
脚步来回奔忙，
下沉，下沉，
沉入水波的中央。

米勒

艾米丽·亨廷顿·米勒（1833—1913），美国诗人、作家、教育家。出生于布鲁克林。

蓝鸟的歌

［美］米勒

我听过蓝鸟唱的那首歌，
在苹果树上他唱着那首歌，
勇敢的小家伙！即便天色如土，
只要他心情愉快，就不在乎。

听！音符跳出他的喉咙！
听！竟有如此快乐的唱咏！
只需片刻，你就会听懂他的话语，
看他在苹果树上荡来荡去：

“白雪覆盖的可怜小花，
我知道你盼望冬天快走，雪水融化，
听着，我给你唱首欢快的曲子！
春天已来到，夏天也迈着步子！”

“白色的雪莲花！请你抬起脸，
鲜黄的番红花！请你睁开眼，
甜美的紫罗兰，别再躲着寒风，
快穿上你那紫金相间的斗篷，
黄水仙呀黄水仙！听我来告诉你——
春天已来到，夏天也迈着步子！”

米斯特拉尔

加夫列拉·米斯特拉尔(1889—1957)，智利女诗人。拉丁美洲第一个获得诺贝尔文学奖的妇女(1945)主要作品《柔情》(1924)与《有刺的树》(1938)，显示出对人类较为广阔的关注。对孩子的爱，始终是她的主要题材。作品被翻译为多国文字。

我不寂寞

[智利]米斯特拉尔

山和海作别了夜，
孤独的夜好寂寞，
但我做了你的摇篮，
便不寂寞！
如果月亮坠入大海，
孤独的天空会寂寞，
但我贴紧你的身体，
便不寂寞！
世界尝遍苦难，
孤独的世界太寂寞，
但我把你抱在胸前，
便不寂寞！

睡在我身边

[智利]米斯特拉尔

我的血肉长着细小绒毛，
深深地织进我的身体。
细小的绒毛如此怕冷，
快来睡在我的身边。

鹧鸪躺在丁香花下，
整夜担心狗的吠声，
但我的呼吸不会惊扰你，
快来睡在我的身边。

颤抖的小草叶，
在万物跟前瑟瑟发抖，
不要跌落我的胸脯，
快来睡在我的身边。

我已经失去一切，
想到睡觉就会颤抖，
别从我怀里滑落，
快来睡在我的身边。

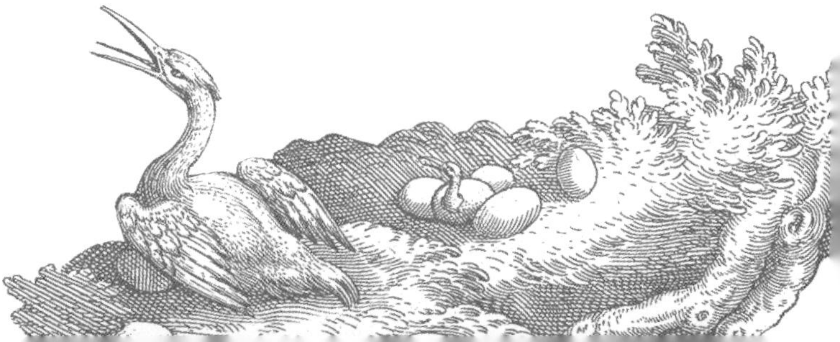

魔力

[智利]米斯特拉尔

这个孩子有种魔力，
就像风儿甜美清新：
在梦中他用力把我吮吸，
又吃又喝，我却不知情。
这孩子像条小河，
弯弯曲曲绕山而过。
他偷看一眼世界，
世界不如他美丽活泼。
这孩子拥有的财富，
比天堂和大地更丰饶。

我的胸膛温暖如貂毛，
歌声如紫罗兰那般曼妙。
他的个子小巧，像粒精致的种子：
甚至不如梦的重量。
没人注意他，
但他是我的骄傲。

莎士比亚

威廉·莎士比亚（1564—1616），英国剧作家、诗人，作有37部戏剧、154首十四行诗和两首长诗，主要作品有喜剧《仲夏夜之梦》《威尼斯商人》，历史剧《理查三世》《亨利四世》，悲剧《罗密欧与朱丽叶》《哈姆莱特》《奥德赛》《李尔王》《麦克白》等。

爱丽儿的歌

[英]莎士比亚

（1）

请来这黄色的沙滩，
再把手臂轻揽，
待屈膝亲吻行过礼，
怒波也平息下去。

轻快的舞步踏遍四方，
甜蜜的精灵为你伴唱，
听听！汪汪
看门狗叫汪汪
听听！我竖耳倾听，
公鸡大步流星，
边走边叫，咯咯滴嗒哆……

（2）

你父亲躺在五呺[1]深处，
他的骨骼已化作珊瑚，
他的眼睛变成了珍珠，
一缕毫发都不曾模糊，
不过是穿越沧海桑田，
幻化得丰饶而又翩跹，
海神敲响了钟声连绵，
铛，铛！
听，现在正敲着，
铛，铛，这钟声连绵！

1　呺，英寻旧也作呺，英寻是海洋测量中的深度单位，1 英寻=1.829 米。——译者

盖着大树的绿光

[英]莎士比亚

（摘自《皆大欢喜》）

盖着大树的绿光，
谁爱与我肩并肩躺？
把他欢乐的乐章，
化作鸟儿的甜美吟唱。

来这里，来这里，来这里，
他会发现，
举目无敌，
只有寒冬还有难熬的天气。

谁已将野心束缚，
愿光阴在太阳下虚度？
每天寻寻觅觅果腹，
粗茶淡饭也能饱足，

来这里，来这里，来这里，
他会发现，
举目无敌，
只有寒冬还有难熬的天气。

史蒂文森

罗伯特·路易斯·史蒂文森（1850—1894），苏格兰随笔作家、诗人、游记与虚构小说作家。出生于爱丁堡。代表作是1884年出版的《金银岛》。作品受博尔赫斯、海明威、吉卜林、纳博科夫高度赞扬。

歌唱

[英]史蒂文森

斑驳的鸟蛋听小鸟歌唱，
鸟飞进丛林在这里筑巢。
缆绳和工具听水手歌唱，
船儿能战胜那海浪滔滔。

遥远的日本有孩子歌唱，
歌声也来自西班牙孩子。
风琴师和风琴结成一双，
让雨点为他俩打起拍子。

夏夜的床

[英]史蒂文森

冬日的早晨，起床天还没亮，
幽黄的烛光，照我穿衣裳，
转眼到夏天，事情全变了样，
天还明晃晃，妈妈就喊我上床。

身子睡上了床，心儿却在观望，
看小鸟在树梢，跳下又跳上。
听大人脚步声，忽弱又忽强，
从我耳边经过，在街头来回响。

这到底公不公平，请您来讲一讲，
天空清澈湛蓝，太阳还放着光，
多想邀上伙伴，大家一起去耍，
白天还没过完，为啥就得上床？

小船去哪里？

[英]史蒂文森

深褐的河水啊，
金黄的沙滩，
不停地流淌啊，
树木站在两岸。

水里绿叶漂啊，
泡沫堆起城堡，
我的小船儿走啊，
不知哪里停靠。

河水一路向东啊，
没在磨坊停留，
浪花冲下峡谷啊，
又淌过座座山丘。

在河的那一头啊，
百哩[1]开外的地方，
别处的小伙伴啊，
会打捞这船儿上岸。

1 哩，英里旧也作哩。——译者

我的王国

[英]史蒂文森

泉水边，闪金光，
有座山谷这里藏。
不及我肩膀，

石楠花，金雀花，
夏天一到满枝丫，
有红又有黄。

这池塘，像大海，
那山高得把天盖。
我是小小孩。

我建城，我造船，
洞穴上下翻个遍，
挨个把名取。

放眼望，多有趣，
头顶麻雀脚下鱼，
全部都归我。

这世界，我是王，
蜜蜂来为我献唱，
燕子成群舞。

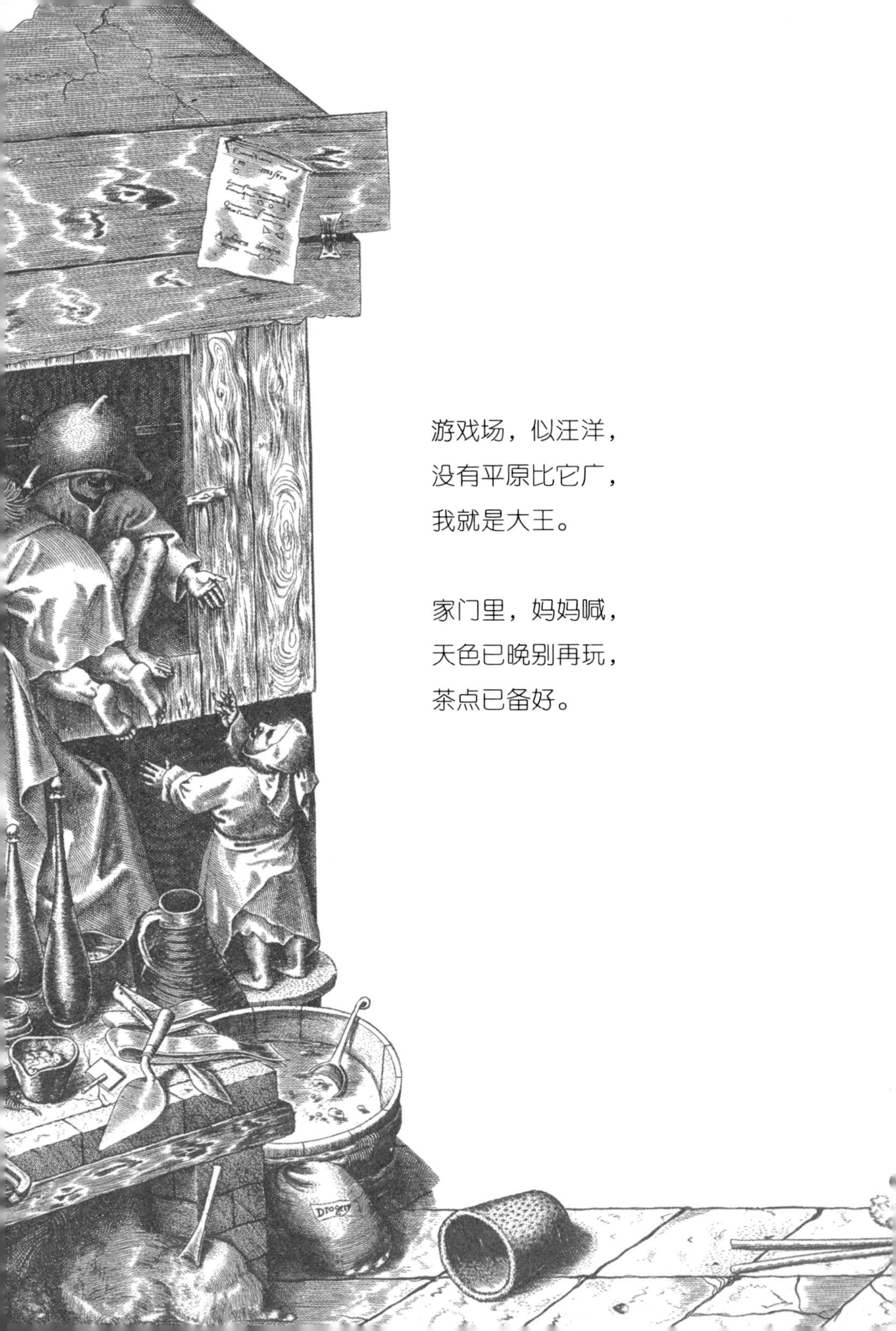

游戏场，似汪洋，
没有平原比它广，
我就是大王。

家门里，妈妈喊，
天色已晚别再玩，
茶点已备好。

我起身，离山谷，
告别丛丛石楠树。
清泉仍冒泡。

进家门，我一愣，
保姆高得像巨人，
房间空荡荡。

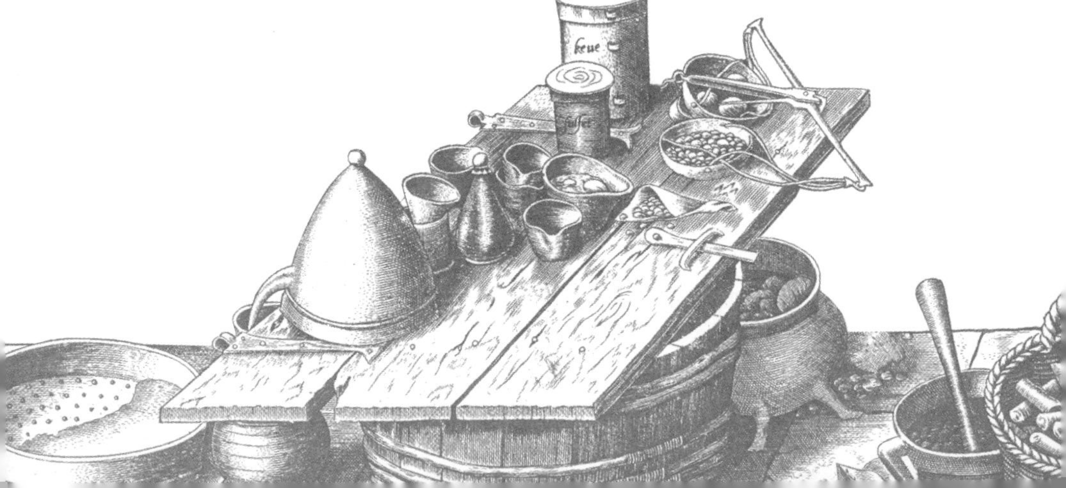

风

[英]史蒂文森

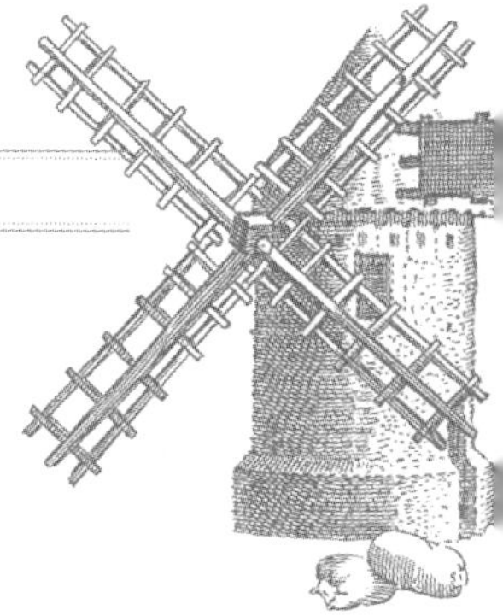

我看到你把风筝抛得高，
又把鸟儿吹上天空四角。
你的脚步在我周围环绕，
像淑女的裙子拂过青草——

风啊，整日呼呼地吹哟，
风啊，听这嘹亮的歌喉。
我看到你干了许多事情，
却看不到你路过的踪影。
你能呼啸着把东西吹跑，
却总是把自己藏得太好——

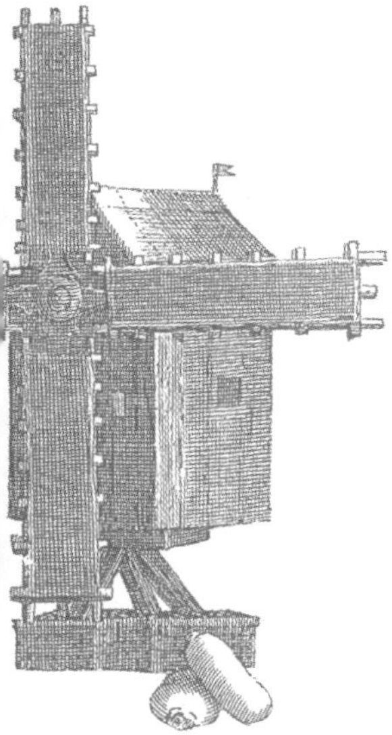

风啊，整日呼呼地吹哟，
风啊，听这嘹亮的歌喉。
你是如此地坚强与寒冷，
让人想猜测你今年贵庚。
你到底是山林间的野兽，
还是一团比我壮的血肉？

风啊，整日呼呼地吹哟，
风啊，听这嘹亮的歌喉。

镜子溪流

[英]史蒂文森

溪水溜着平滑的步子，
这里浪花闪，那里波纹皱——
哦，洁净的沙砾！
哦，平静的溪流！

落花浮水面，鱼儿闪银光，
溪水清见底，碧空相辉映，
孩子多么盼望，
生活在水底仙境！

我们看到鲜亮的笑脸，
在阴翳的波纹里摇晃，
影子在晃动的河面，
荡漾出丝丝的清凉；

直到微风将溪流吹皱，
貂湿了皮毛，鳟鱼探出头，
涟漪瞬间便溜走，
水面光滑如丝绸。

看涟漪此消彼长，
河底如夜色渐浓；
就像妈妈在卧房，
吹灭烛光的炯炯。

耐心点孩子，稍作等候，
漾开的水圈就会消亡；
溪流和其中隐身的所有，
会重新变得清澈透亮。

好玩的游戏

[英]史蒂文森

我们在楼梯上造了艘大船，
为搭起船架把卧室椅子搬，
又往船里塞满沙发的靠垫，
在波涛里穿行就不会搁浅。

带上一把锯子和几根钉锤，
再找到个小桶来装满淡水，
汤姆建议，“我们还得带好
一个红苹果还有一片蛋糕”，
足够喂饱汤姆当然还有我，
下午茶开始前都能把好舵。

就这样航行了一天又一天，
这场游戏让人永远不生厌，
谁知汤姆摔下楼伤了膝盖，
就剩下我一个人真叫无奈。

好男孩

[英]史蒂文森

我在清晨前醒来，整天都不曾生气，
不说一句脏话，总是面带微笑游戏。

太阳将落到树林后，
我庆幸通过了考验，
小床干净清新，亚麻床单柔滑美好，
赶快就去睡觉，还不能忘了晚祷，
明天太阳会照常升起，
挡住可怕的事物，也不让怪物跑进梦里。
和睡神相拥直到黑夜远走，
直到画眉贴着丁香展开歌喉。

奶牛

[英]史蒂文森

善良的奶牛浑身有红有白，
我带着真心来把她爱，
给我奶油当我是她的小孩，
下午茶时用来涂苹果派。

她哼着调子四处散步，
但心里知道哪是回家的路，
外面的空气清新如朝露，
沐浴着阳光多么舒服。

每一缕风都在她身上拂过，
每一阵雨都在她身上滑落，
她在草地上把步子轻踱，
哪里有野花就往哪里挪。

秋千

[英]史蒂文森

来荡个秋千，弟弟！
趁着天空碧蓝如洗，
我们现在这个年纪，
没有比它棒的游戏。

荡到空中越过竹篱，
所有东西尽收眼底，
看得多远不要怀疑，
河流树木牛群草地。

飞上花园看草色青，
飞上屋顶看砖瓦明，
我在空中荡个不停，
上去下来自在飞行。

太阳赶路

[英]史蒂文森

当我伏上枕头犯迷糊，
太阳还忙碌不知归途，
绕着地球一圈圈赶路，
送给各地一轮轮日出。

这里的花园阳光洒满，
晴空下我们游戏正酣，
印度孩子却打着瞌睡，
亲一口晚安上床盖被。

我喝完午茶天近黄昏，
大西洋彼岸才是清晨，
地球西村的各家娃们，
正起床换衣把懒腰伸。

月亮

[英]史蒂文森

月亮像屋里大钟脸儿圆胖，
让花园里的飞贼影子上墙，
照亮街道田野港口和栈桥，
还有躲进树杈酣睡的小鸟。

照着喵喵的猫和吱吱的鼠，
汪汪的大狗屋前把守出入，
还有中午躺在床上的蝙蝠，
都喜欢披着月光集体外出。

然而所有属于白天的事物，
都缩进了梦里不挡她去路，
花朵和孩子也闭上眼不睁，
直到清晨太阳升起的时分。

司各特爵士

沃尔特·司各特爵士（1771—1832），苏格兰小说家、诗人，历史小说首创者，浪漫主义运动的先驱，主要作品有长诗《玛密恩》《湖上夫人》和历史小说《威弗利》《艾凡赫》等。

打猎歌

[英]司各特爵士

老爷太太请起早，
山顶黎明欲破晓，
骏马猎枪都备好，
欢乐追逐绕场跑。
鹰声号角响云霄，
猎犬成群吼又叫，
结成队伍兴致高，
老爷太太请起早。

老爷太太别贪睡，
薄雾笼罩山色褪，
清泉汩汩映朝晖，
辔头镶钻添祥瑞。
林中人儿把鹿追，
绿茵深处步紧随，
唱起歌儿声发聩，
老爷太太别贪睡。

老爷太太快起身，
森林苍翠花木深，
鹿藏何处拿得稳，
识其脚步辨其身。
找寻标记回回准，
等待鹿角橡树蹭，
合围之下它命损，
老爷太太快起身。

歌声渐响旋律美，
老爷太太快准备，
青春欢乐共相会，
策马扬鞭一路北。
猎人现身兽变鬼，
猎鹰凌厉猎犬吠，
黎明即起不贪睡，
老爷太太快准备。

塔克

夏洛特·玛利亚·塔克（1821—1893），高产的儿童诗作家。写作笔名 A.L.O.E.（一位英国女士）。出生于米德塞克斯，其诗作多聚焦于人性改善。1875年前往印度成为一名传教士。

小心这只狼

［英］塔克

花园里，树丛中，大街上
要是你看到一只狼，
孩子，永远不用心慌，
小红帽的故事只是个寓言，
其中的道理我努力帮你分辨；
生活里随处可见一只狼，名叫坏脾气——
留心这只狼！孩子们，留心！

我认识个男孩，既不温和也欠智商，
如果你给他指错，他会无礼地顶撞，
如果找不着东西，他会愤怒到发狂，
啊！冲动是只大眼睛的狼；
随时准备扑过来，撕咬着和你拼命，
留心这只狼！孩子们，留心！

我认识个女孩，整天想着探听
她本不该关心的事情；
这么糟糕的好奇心，
就像一只大耳朵的狼，
竖耳探听，捕风捉影，
留心这只狼！孩子们，留心！

贪婪，就像森林里的狼，
张着大嘴，不停地觅食奔忙，
眼大肚皮小，不把健康放心上，
恨不得把整个糕点铺一扫光；
守着美食不让他人靠近，
留心这只狼！孩子们，留心！

冲动、窥探和贪婪的心，
就像狼的大嘴、巨耳、凶狠的眼睛，
让我们的幼儿园吵闹不停，
招来拌嘴、闯祸和哭泣。
赶走吧！把它们都往老巢引，
留心这只狼！孩子们，留心！

泰勒姐妹

泰勒姐妹是19世纪初期最受欢迎的两位英语儿童作家，她们出生于伦敦。泰勒姐妹及其作品经常被混淆，部分原因是，她们的早期作品经常被一起出版。简·泰勒（1783—1824）是一位诗人和小说家，她创作了著名歌曲*Twinkle, Twinkle, Little Star*（中文名《小星星》）的歌词。安·泰勒(1782—1866)是一位诗人和文学评论家，年轻时作为儿童诗作者广受赞誉。

学走路

[英]安·泰勒

来吧，亲爱的，来走路，
今天咱们好好迈开步；
向前跑，别害怕，
保护宝宝有妈妈，
小脚抬起放下向前行，
走路就是这么简单，亲亲。

眼看你步子迈得大，
马上就要靠近亲爱妈妈，
终于到了跟前，你站定：
妈妈伸出手指，可要握紧；
给你一个甜吻作为奖励，
走路可不就是这个样子。

来花园玩

［英］简·泰勒

小妹妹，出来呀，
今儿天气真不差，
我们一起花园耍。
绿茵茵，芳草地，
大家开心做游戏，
跑到东来跑到西。
不要把，野果掰，
顽皮把戏不应该，
没准还把身体害。
树荫下，花别摘，
她们正在躲日晒，
等着主人归家来。

雏菊花，是例外，
花儿有红又有白，
妈妈同意我们采。
最亲爱，是妈妈，
永远要听她的话，
做个温顺好娃娃。

晚安

[英]简·泰勒

宝贝脑袋微微垂，
漂亮摇篮等你睡。
太阳西下黑茫茫，
眼睛合上入梦乡。
睡衣睡裤全塞紧，
道声晚安小亲亲。
屋子外面刮寒风，
冰冷雨雪敲窗棂。

屋子里面暖洋洋，
门户紧闭风雨挡。
放下帷幔好温馨，
围拢睡床更安宁。
一夜沉醉黑甜乡，
睡到早晨大天亮。

小星星

[英]简·泰勒

一闪一闪小星星，
多想知道你的名。
远离世间千万里，
就像钻石挂天际。
每当烈日落幕布，
青翠草地沾露珠。
你便探身露微光，
一闪一闪到天亮。
星星点灯夜未央，
照亮暗路心不慌。

全因有你闪如烛，
脚下不曾变迷途。
幽蓝夜空你驻守，
透过窗帘把我瞅。
直到太阳又上山，
星光熠熠不黯淡。
火花虽细犹灿然，
行人从此不惧暗。
只憾无从知你名，
一闪一闪小星星。

漂亮奶牛

[英]简·泰勒

漂亮奶牛挤出牛奶，
浸润面包让我开怀，
每天早晚如此慷慨，
温热新鲜甜美洁白。

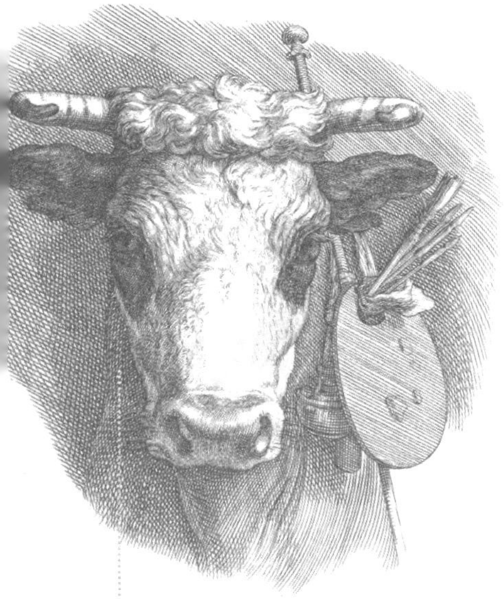

河岸边上杂草摇摆，
铁杉丛生记得避开，
黄花九轮[1]才是好菜，
香甜可口值得你爱。
哪里紫罗兰铺成苔，
哪里泉水汩汩连脉，
哪里青草丰润光彩，
漂亮奶牛去那开斋。

1 黄花九轮是一种植物，又名药用樱草。——译者

紫罗兰

[英]简·泰勒

大树底下绿茵如毯，
静静生长这紫罗兰。
垂下头颅弯着腰杆，
藏起身体不让人看。
我仍爱你可爱烂漫，
花朵鲜丽颜色娇憨。

明明可以媲美名媛，
却垂眉眼从不顾盼。
悄悄绽放是她心愿，
色彩谦和层层浸染。
花香清淡无声弥散，
不愿激起一丝波澜。
我要去山谷将她探，
看到她芳颜心喜欢。
见贤思齐做我典范，
谦卑之中自有回甘。

脏小孩

[英]简·泰勒

从前有个小吉姆，
年纪虽小名声大，
听他故事笑破肚，
每次大家看见他，
双手永远沾着土，
也从不把小脸擦。

浑身上下太邋遢，
朋友见到心里苦，
大家动手洗刷刷，
可惜全白费功夫，
没过多久又邋遢，

脏得只能躲进屋。
听到大家抱怨他，
他却丝毫不受伤，
懒洋洋的脑袋瓜，
从不担心衣服脏，
别人整洁又挺括，
他全都不放心上。

懒小孩和坏小孩，
就把吉姆当榜样，
成天邋遢又倦怠；
但好孩子一出场，
干净体面有神采，
哪怕清贫也无妨。

小姑娘别烦躁

［英］简·泰勒

什么事把艾米丽惹哭了呀？
来，让妈妈把你眼泪擦；
把头枕在我的胸口，没错，
今晚发生了啥，和妈妈说。

哦，艾米丽困了，玩不动啦？
来，贝蒂，快把她带走吧；
但别烦躁，亲爱的你知道，
妈妈可不爱这样的宝宝。

上床睡觉，把这一切都忘记，
甜美的微笑又会在脸上浮起，
没关系，有时候淘气也免不了，
晚安宝贝，这就把烦躁赶跑。

西柏

柯莱·西柏（1671—1757），英国著名诗人、剧作家、戏剧演员。18世纪伦敦剧院最具影响力的人物。其代表作《爱的最后翻转》（1696）被看作历史上第一部伤感主义剧作。

瞎眼的男孩

[英]西柏

你们说的光，是什么东西，
我这辈子都不可能明白；
眼睛看得见，又妙在哪里，
请告诉这个瞎眼的男孩！

你们谈论着眼里的奇观，
说太阳的光线明媚灿烂；
我能感到他的温暖，但
他如何分割白昼和夜晚？

我的日夜由我自己划分，
躺下是黑夜，玩耍即白天；
假如我一直醒着不犯困，
对我来说白天就还没完。

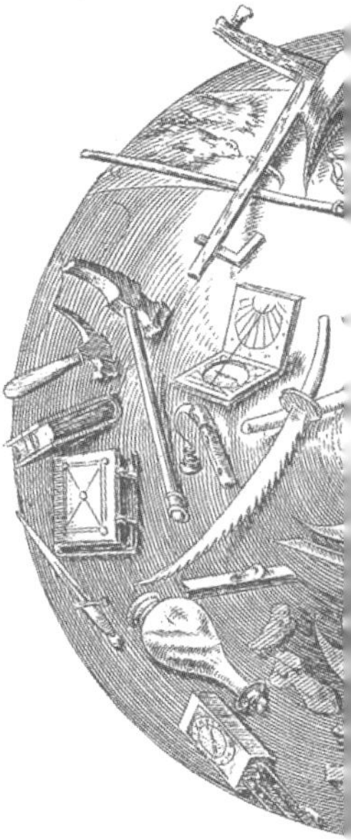

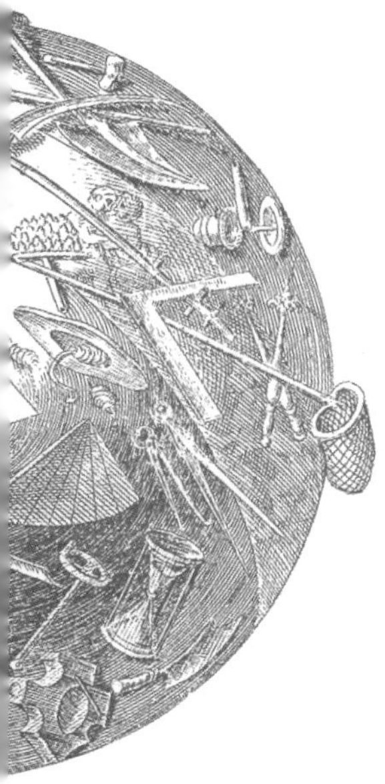

我耳边常响起沉重叹息，
叹这份与生俱来的不幸；
但这份不明不白的损失，
我能够承受只要有耐心。

就别让这些无缘的福分，
摧毁我拥有的喜悦心怀，
唱起歌时我在世界之巅，
虽然仍是一个瞎眼男孩。

雪莱

珀西·比希·雪莱（1792—1822），英国浪漫主义诗人，赞颂革命，抨击封建统治和传统，主要作品有长诗《伊斯兰的反叛》、诗剧《解放了的普罗米修斯》及抒情诗《西风颂》《致云雀》等。

云（节选）

[英]雪莱

我翻动大海和小溪，
给干枯的花朵浇一场新雨。
我投下淡绿的阴影，
让正午的树叶酣梦无忧虑。
我抖抖翅膀洒下露珠，
唤醒每一棵甜蜜的嫩芽。
让她们伏上母亲的胸口，
一起舞动于阳光之下。
我挥动冰雹猛力抛砸，
看，绿色的平原白光闪耀，
又覆手将它化作雨水，
听，穿过雷电我哄然大笑。

译后记

丁维

2015年，我翻译了由诗人屠岸担任顾问的《凯迪克图画书集》，那也是我初次接触英文童谣翻译。书中的童谣多半早已被汉译过若干回，然而我却不能站在前人的肩膀上完成翻译。译本没有新意，就没有被创作和出版的必要。至今仍记得，为翻译出自己的风格并求得字词的合辙押韵，费了多少周折。所幸结果还是令人宽慰的，作为一本售价高达148元的童书，它在当当网上的销量和评价都算不错。

多事的2020年，我又得到了翻译童谣的机会，而这一次的挑战和诱惑也都更大：近80首童谣/诗歌全部出自如雷贯耳的大师，艾略特、狄金森、丁尼生、莎士比亚、歌德、海涅、米斯特拉尔……光看这些名字就让人目眩神迷。

这些大师童谣/诗歌的主题，涉及花草、动物、风光、育儿等。诗人来自英国、美国、德国、智利等国家。以时代划分，贯穿17世纪到20世纪。对于中国儿童来说，可谓是关于西方诗歌较为全面的启蒙。翻译的过程充满乐趣但也颇费脑力，下面就记录几首印象最深刻的童谣。

由童谣《小星星》改编的儿歌，大概是国内儿童最不陌生的英语儿歌了。对于这种先前版本已深入人心的作品，译者首先需要“失忆”，还自己一颗初心，仿佛从没有过中译本那样去翻译它。因为字句简单，更需要反复推敲。比如童谣中有一句：“火花虽细犹灿然，行人从此不惧暗。”“灿然”这个词让我几经斟酌，一度把“灿然”改为更常见的“灿烂”，但反复思考后，又决定还是要改回“灿然”。因下句末是“暗”，四声，属仄，上句“灿然”是二声，属平，平仄更为对仗。韵脚是童谣的生命，童谣不是单用眼睛看的，更是用嘴念的。有阅读的视觉要求，更有朗读的听觉要求，应力求视觉与听觉的平衡及总体优化。

而说到韵脚，大名鼎鼎的丁尼生给我上了一课。本书选入他的两首作品：《小雏鸟》和《贝壳》。前者的原文韵脚十分简单，两段均为 AABACCCA，因此翻译时只需照样处理即可。而后者的复杂程度，对我构成了严峻考验。那无影脚般的韵脚让我彻底找不出规律，完不成破译：第一段为 ABCDABCD，第二段为 ABAB，第三段又变成 ABAABCAC，第四段则成了 ABCBEACEB。待查了许多资料，才发现我不是一个人在战斗，网上常有人问“这韵脚是啥规律？”也有人评论：“他选择使用极其复杂的韵脚规律，只为了证明他有此能耐”以及“先看看前四行如何彼此押韵，之后的第五行则与第九行押韵，而第六行则与第八行押上了韵”。斟酌良久，我在译文中放弃追随这种变幻莫测的韵脚，改用更适合中国小读者、更规律的韵脚。

死亡是中国儿童文学避讳的话题，但西方儿童文学却向来不避讳。身体、伤痕、死亡的主题普遍存在于各个门类的西方文化中，譬如西方油画中经常有战争、受难的画面。在西方人看来，死亡是一种从儿童时代就要开始的教育。本书中的若干诗篇也涉及死亡，如海涅的《教训》末句：“小蜜蜂！小蜜蜂！现在火苗已蹿得高高，沾上火星只有死路一条……”又如莎士比亚的：“你父亲躺在五时深处，他的骨骼已化作珊瑚……”大师的作品折射的是永恒人性，不同年龄的读者有不同体悟，而同一读者在不同年龄阅读又有不同体悟，所以在儿童阶段接触莎士比亚也无不可，据说北京儿艺还制作了儿童版话剧《麦克白》呢。

对于中国来说，南美是一块遥远而陌生的土地，来自那里的诗人也显得同样遥远而陌生。这种陌生其实构成了机会，让我们重新获得婴儿般的初心，去发现人性的异同。智利女诗人米斯特拉尔一辈子未婚未育，可作品中的母性简直饱胀到喷溅，生命中未完成的心愿借由诗歌完成了高能释放。她的诗歌中高频出现有关身体的词语，如血肉、胸脯、绒毛……让我联想到另一位南美诗人聂鲁达的作品，字字句句带着触手可及的颗粒感与泥土味。作为含蓄隐忍的东方人，阅读这样充满异域感的文字能扩大文化敞口，拓宽审美阈值。

而说到诗歌对于完成未竟心愿的功能，《打猎歌》也是个很好的例子。写出如此欢腾诗句的司各特爵士竟是个小儿麻痹症患者。身体的残缺催化了大脑的想象力，让他把打猎这项自己不可能从事的运动描摹得格外动人，文字间充满动感与力量："老爷太太请起早，山顶黎明欲破晓，骏马猎枪都备好，欢乐追逐绕场跑。鹰声号角响云霄，猎犬成群吼又叫，结成队伍兴致高，老爷太太请起早。"

此次翻译还让我得到一些新的认知，比如童谣的阶级性。《晚安，早安》便是一例。作者霍顿勋爵，其头衔显示出封建农耕社会的阶级性，而童谣的内容也印证了统治阶级所倡导的安分守己、辛勤劳作、信奉上帝的价值观："直到天黑都在缝呀补呀；……跪下背诵最心爱的晚祷。"这些句子颇能让人对英国社会当年的生产关系与价值导向展开想象。

当然童谣中占比最重的还是普世价值观，全世界的育儿经都不会遗漏这些内容。《小心这只狼》《小姑娘别烦躁》，教导做人的规矩；《瞎眼的男孩》，启蒙同理心；《太阳赶路》通过对时差的描写，培养世界观。让小读者们知道，那些和自己同龄的外国孩子是如何在别处生活——“这里的花园阳光洒满，晴空下我们游戏正酣，印度孩子却打着瞌睡，亲一口晚安上床盖被。”

而大自然永远是唤起普世价值的最好主题，描写和赞叹自然的童谣，在此书中的占比也最大。比如朗费罗笔下的田园风光就让人沉醉：“夏天做客的鸟儿飞走了，送走最后一捆稻草，运货马车也回来了！……鹌鹑在稻草垛里，尖着嗓子叫。”从小在农村长大的先生告诉我，鹌鹑在稻草垛里寻找散落麦粒时会发出那种声音。

2020 年，严峻的疫情和反全球化的力量给国际交流带来了始料未及的困难， 在许多人的健康与生计都遭受考验的情形下，出国游学和旅行更是成了奢望。然而世界必将走向大同，全球化也终会成为时代的选择，在不能走出国门的当下，何不让我们带着孩子一起亲近大师的作品，借助他们为人类留下的精神财富滋养心灵，眺望远方。

最后，非常感谢责任编辑束雅琴女士在成书过程中付出的精力，感谢邵旻女士寻找到古典、优雅的插图，感谢我先生在每一首童谣译出后，运用“他人的敏感”给我诸多建议，希望和我六岁女儿同龄的小朋友们能喜欢这本童谣，也特别期待读者后续能通过各个读书、购书平台给我反馈。

2021 年 1 月于杭州

T.S. Eliot
80 nursery rhymes for children

图书在版编目（CIP）数据

大师的童谣 /（英）艾略特（Thomas Stearns Eliot）等著；丁维译. -- 上海：上海译文出版社，2021.4
书名原文：80 nursery rhymes for children
ISBN 978-7-5327-8220-8

Ⅰ. ①大… Ⅱ. ①艾… ②丁… Ⅲ. ①儿歌一作品集-世界 Ⅳ. ①I18

中国版本图书馆CIP数据核字（2021）第039102号

大师的童谣
[英]艾略特 等 著 丁 维 译
特约编辑/苑 浩
责任编辑/束雅琴 装帧设计/邵旻工作室

上海译文出版社有限公司出版、发行
网址：www.yiwen.com.cn
200001 上海福建中路193号
杭州宏雅印刷有限公司印刷

开本890×1240 1/32 印张6.75 插页4 字数20,000
2021年4月第1版 2021年4月第1次印刷
印数：0,001-2,000册

ISBN 978-7-5327-8220-8/I・5044
定价：80.00元

如有质量问题，请与承印厂质量科联系 T：0571-88855633